Dora Bruder

FichesdeLecture.com

Dora Bruder
(Fiche de lecture)

I. PRÉSENTATION DE L'ŒUVRE DE PATRICK MODIANO

On dit souvent de Patrick Modiano qu'il écrit toujours le même livre et c'est un peu vrai. Les mêmes thèmes, les mêmes obsessions reviennent, en effet, d'une œuvre à l'autre, si bien que l'on a tendance à les confondre : impossible, la plupart du temps, de se rappeler le titre du livre dans lequel on a rencontré tel personnage, telle situation...

Les livres de Modiano peuvent donc être lus comme des variations autour de thèmes récurrents. Parmi ces thèmes : la lutte contre l'oubli, la quête de l'identité, l'absence du père... Certains de ses personnages ressemblent étrangement à Modiano (tous ses récits, à l'exception de Une jeunesse sont d'ailleurs écrits à la première personne). Toutefois, il ne s'agit pas d'une autobiographie, mais plutôt d'une autofiction (terme inventé par Serge Doubrovsky), c'est-à-dire, pour faire simple, un mélange d'autobiographie et de fiction.

Il y a toujours une part autobiographique dans un roman, mais il faut la transposer, l'amplifier, essayer de retrouver l'essentiel des êtres et des choses à travers leur apparence quotidienne, structurer ce qui dans la vie est désordre. Si on ne se livre pas à ce travail de filtrage, de stylisation, on risque de donner une impression de débraillé, de document vécu, de déballage, qui est le contraire de la littérature. (Entretien avec V. Malka, *Les Nouvelles littéraires*, 30 oct. – 5 nov. 1972)

II. GENÈSE DE L'ŒUVRE

En 1997, lorsque paraît Dora Bruder, Modiano a déjà une longue carrière d'écrivain derrière lui. Mais c'est en 1988 qu'il voit pour la première fois le nom de Dora Bruder dans un vieux journal, le *Paris-soir* du 31 décembre 1941. Il s'agit, plus précisément, de l'avis de recherche de Dora :

« Paris

On recherche une jeune fille, Dora Bruder, 15 ans, 1,55m, visage ovale, yeux gris-marron, manteau sport gris, pull-over bordeaux, jupe et chapeau bleu marine, chaussures sport marron. Adresser toutes indications à M. et Mme Bruder, 41 boulevard Ornano, Paris. »

1988, soit neuf ans avant la parution de Dora Bruder. Entre-temps, Modiano a écrit d'autres livres, dont <u>Voyage de noces</u>, qu'il a écrit en pensant à Dora Bruder :

« J'étais à ce point hanté par Dora Bruder que j'ai écrit en 1989 un roman après avoir lu l'avis de recherche. Je ne savais encore rien de ce que j'ai retrouvé aujourd'hui. J'ai écrit ce roman : *Voyage de noces*, pour essayer de combler le vide que j'éprouvais quand je pensais à Dora Bruder dont je ne savais rien. Mais le roman achevé, j'en étais au même point. Et tout cela ne pouvait finir que par un livre qui ne serait pas un roman. » (Patrick Modiano, entretien accordé à Gallimard à l'occasion de la parution de Dora Bruder)

Les ressemblances entre les deux œuvres sont plus qu'évidentes. Ainsi, l'article de *Paris-soir*, que l'on retrouve tel quel dans Dora Bruder, est à peine transformé dans Voyage de noces (« On recherche une jeune fille, Ingrid Teyrsen, seize ans, 1,60, visage ovale, yeux gris, manteau sport brun... »). On voit donc bien que Modiano pensait à Dora bien avant de commencer à écrire le livre, en 1996.

III. RÉSUMÉ

En 1988, Patrick Modiano tombe sur l'avis de recherche de Dora Bruder dans un journal datant du 31 décembre 1941. Il part alors sur les traces de cette jeune fille juive, parcourant les mêmes rues qu'elle, cinquante ans auparavant, essayant de savoir ce qui a pu se passer dans sa vie entre le moment de sa disparition et son départ pour Auschwitz le 18 septembre 1942. Son enquête, très minutieuse, lui permettra de retracer les grandes lignes de la vie des parents de Dora, Cécile et Ernest. Quant à celle de Dora au début de l'année 1942, il ne sait pas grand-chose. Une main courante lui apprend qu'elle « a réintégré le domicile maternel » le 17 avril 1942. Une note du 17 juin lui indique qu'elle a été remise à sa mère par les soins de la police du quartier Clignancourt le 15; le 19, il retrouve son nom sur le registre du camp des Tourelles. Beaucoup de zones d'ombre :

« Ainsi, Dora Bruder, après son retour au domicile maternel le 17 avril 1942, a fait de nouveau une fugue. Sur la durée de celle-ci, nous ne saurons rien. Un mois, un mois et demi volé au printemps 1942 ? Une semaine ? Où et dans quelles circonstances a-t-elle été appréhendée et conduite au commissariat du quartier Clignancourt ? » (p. 102, édition folio)

Le même registre des Tourelles mentionne que le 13 août 1942, les femmes ont été transférées au camp de Drancy. Dora y rejoindra son père. Tous deux partiront pour Auschwitz le 18 septembre.

Parlant de Dora Bruder, Modiano fait également le parallèle avec son histoire personnelle. Lui aussi avait fait une fugue lorsqu'il avait le même âge, lui aussi s'est un jour retrouvé dans un panier à salade, comme Dora... La vie de la jeune fille n'est pas non plus sans rappeler l'existence de son père :

« Peut-être ai-je voulu qu'ils se croisent, elle et lui, en cet hiver 1942. Si différents qu'ils aient été, l'un et l'autre, on les avait classés, cet hiver-là, dans la même catégorie de réprouvés. Mon père non plus ne s'était pas fait recenser en octobre 1940 et, comme Dora Bruder, il ne portait pas de numéro de « dossier juif. » Ainsi n'avait-il plus aucune existence légale et avait-il coupé toutes les amarres avec un monde où il fallait que chacun justifie d'un métier, d'une famille, d'une nationalité, d'une date de naissance, d'un domi-cile. Désormais il était ailleurs. Un peu comme Dora après sa fugue. » (p.63)

Biographie est autobiographie sont donc étroitement liées dans <u>Dora Bruder.</u>

IV. ANALYSE DE L'ŒUVRE

Une des particularités de Dora Bruder réside dans le fait qu'il est possible de suivre les étapes de l'enquête de Modiano. Les documents qu'a utilisés Modiano pour écrire le livre font partie intégrante de celui-ci. Ainsi, on y trouve des actes de naissance, des rapports de police... reproduits dans leur intégralité. Bien évidemment, cela confère une certaine sécheresse à l'œuvre, sécheresse que l'on retrouvera dans l'autobiographie de Modiano, *Un pedigree* (2005), mais qui s'accorde, dans les deux cas, parfaitement au sujet.

Signalons également qu'en raison de ses particularités (entre biographie et autobiographie), Dora Bruder fait partie des œuvres retenues dans les programmes de français (au lycée).

Dans la même collection en numérique

Les Misérables

Le messager d'Athènes

Candide

L'Etranger

Rhinocéros

Antigone

Le père Goriot

La Peste

Balzac et la petite tailleuse chinoise

Le Roi Arthur

L'Avare

Pierre et Jean

L'Homme qui a séduit le soleil

Alcools

L'Affaire Caïus

La gloire de mon père

L'Ordinatueur

Le médecin malgré lui

La rivière à l'envers - Tomek

Le Journal d'Anne Frank

Le monde perdu

Le royaume de Kensuké

Un Sac De Billes

Baby-sitter blues

Le fantôme de maître Guillemin

Trois contes

Kamo, l'agence Babel

Le Garçon en pyjama rayé

Les Contemplations

Escadrille 80
Inconnu à cette adresse
La controverse de Valladolid
Les Vilains petits canards
Une partie de campagne
Cahier d'un retour au pays natal
Dora Bruder
L'Enfant et la rivière
Moderato Cantabile
Alice au pays des merveilles
Le faucon déniché
Une vie
Chronique des Indiens Guayaki
Je voudrais que quelqu'un m'attende quelque part
La nuit de Valognes
Œdipe
Disparition Programmée
Education européenne
L'auberge rouge
L'Illiade
Le voyage de Monsieur Perrichon
Lucrèce Borgia
Paul et Virginie
Ursule Mirouët
Discours sur les fondements de l'inégalité
L'adversaire
La petite Fadette
La prochaine fois
Le blé en herbe
Le Mystère de la Chambre Jaune
Les Hauts des Hurlevent
Les perses
Mondo et autres histoires
Vingt mille lieues sous les mers
99 francs
Arria Marcella
Chante Luna

Emile, ou de l'éducation

Histoires extraordinaires

L'homme invisible

La bibliothécaire

La cicatrice

La croix des pauvres

La fille du capitaine

Le Crime de l'Orient-Express

Le Faucon malté

Le hussard sur le toit

Le Livre dont vous êtes la victime

Les cinq écus de Bretagne

No pasarán, le jeu

Quand j'avais cinq ans je m'ai tué

Si tu veux être mon amie

Tristan et Iseult

Une bouteille dans la mer de Gaza

Cent ans de solitude

Contes à l'envers

Contes et nouvelles en vers

Dalva

Jean de Florette

L'homme qui voulait être heureux

L'île mystérieuse

La Dame aux camélias

La petite sirène

La planète des singes

La Religieuse

À propos de la collection

La série FichesdeLecture.com offre des contenus éducatifs aux étudiants et aux professeurs tels que : des résumés, des analyses littéraires, des questionnaires et des commentaires sur la littérature moderne et classique. Nos documents sont prévus comme des compléments à la lecture des oeuvres originales et aide les étudiants à comprendre la littérature.

Fondé en 2001, notre site FichesdeLectures.com s'est développé très rapidement et propose désormais plus de 2500 documents directement téléchargeables en ligne, devenant ainsi le premier site d'analyses littéraires en ligne de langue française.

FichesdeLecture est partenaire du Ministère de l'Education du Luxembourg depuis 2009.

Plus d'informations sur www.fichesdelecture.com

ISBN: 978-2-511-02966-4

tes :

Made in the USA
Monee, IL
07 July 2026

56545177R00015